wiggling pockets
Los bolsillos saltarines

by Pat Mora

Illustrated by Maribel Suárez

rayo *An Imprint of HarperCollinsPublishers*

"Push me higher, Dad," I say.

—Empújame más fuerte, Papá —digo feliz.

Mom calls, "Who wants lemonade?"

—¿Quién quiere limonada? —pregunta Mamá.

Tina and I run in, and Dad
comes too.

Tina y yo entramos corriendo,
y Papá entra también.

"Where's Danny?" asks Mom.

—¿Dónde está Danny? —pregunta Mamá.

Just then Danny runs in.

En ese momento, entra Danny.

Mom points at Danny's pockets.

Mamá le señala los bolsillos.

They're wiggling!

¡Se están moviendo!

"Danny," says Dad.
"What's in your pockets?"

—Danny, ¿qué traes en los bolsillos?
—le pregunta Papá.

Danny looks inside his wiggling pockets . . .

Danny mira dentro de sus bolsillos saltarines . . .

and he smiles.

y sonríe.

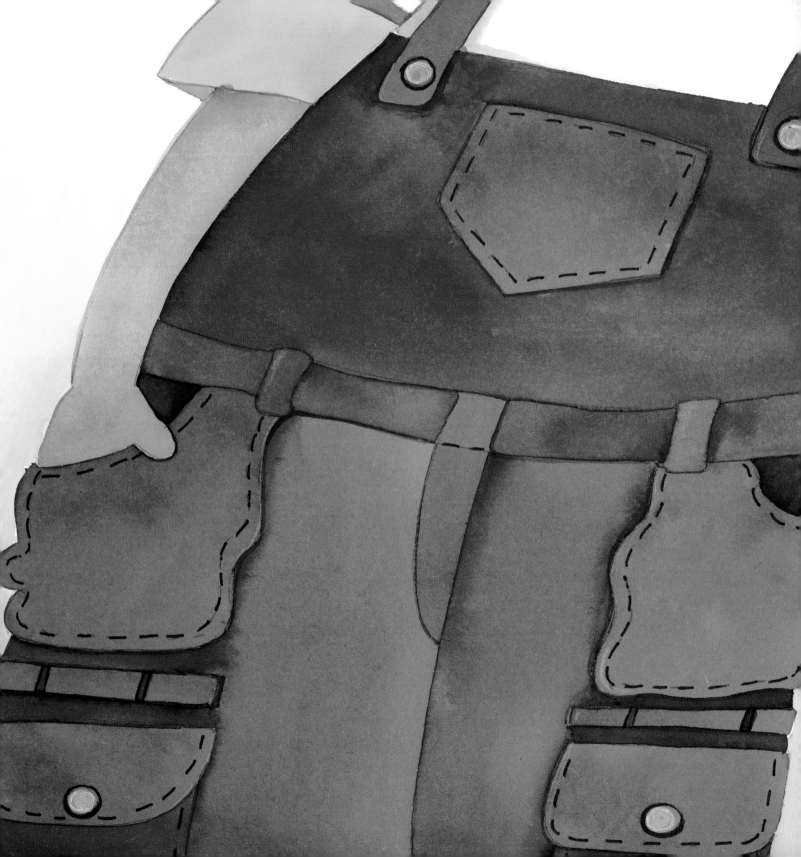

Danny reaches inside his pockets.

Danny mete las manos en los bolsillos y . . .

Eek! A jumping surprise.

¡Uy! ¡Salta una sorpresa!

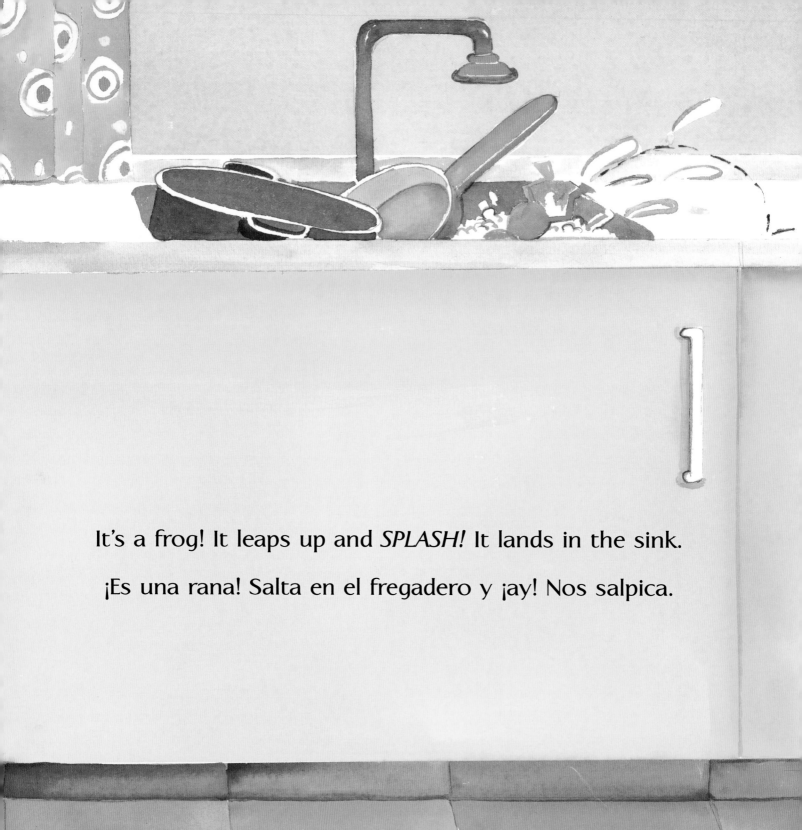

It's a frog! It leaps up and *SPLASH!* It lands in the sink.

¡Es una rana! Salta en el fregadero y ¡ay! Nos salpica.

Another frog leaps up and lands on Grandma's apron.

Otra rana salta y cae en el delantal de Abuelita.

Another frog leaps up and lands on Tina's head.

Otra rana salta y cae en la cabeza de Tina.

Another frog leaps up and lands
in Mom's cherry pie. Oh no!

Y otra rana salta y cae en el
pastel de cerezas que hizo Mamá.
¡Ay, no!

Laughing, we watch the frogs leap
onto the grass and hop, hop away.

Todos nos reímos mientras miramos a las ranitas,
que se van por el césped, saltando, saltando.

To my son-in-law, Roger Martinez,
once the boy with the wiggling pockets,
and to his lovely wife, Libby
—P.M.

A mi yerno, Roger Martinez,
quien una vez fue el niño con los bolsillos saltarines,
y a su linda esposa, Libby
—P.M.

Rayo is an imprint of HarperCollins Publishers.

Wiggling Pockets / Los bolsillos saltarines
Text copyright © 2009 by Pat Mora
Illustrations copyright © 2009 by Maribel Suárez

Manufactured in China.
Library of Congress Cataloging-in-Publication Data is available.
ISBN 978-0-06-085047-0 (trade bdg.) — ISBN 978-0-06-085048-7 (lib. bdg.)

Design by Stephanie Bart-Horvath
1 2 3 4 5 6 7 8 9 10
❖
First Edition